Cân y Dŵr
Song of the Water
Amhrán an Uisce

Diana Powell
Flora McLachlan

Dwy stori fer gan Diana Powell ac ysgythriadau gan Flora Mclachlan

Two short stories by Diana Powell woven together with etchings by Flora McLachlan

Dhá ghearrscéal le Diana Powell maille le heitseálacha le Flora McLachlan

Cyfrol 4 yn y gyfres:
Ffynhonnau Sanctaidd Llwch Garmon a Phenfro

Volume 4 in the series:
Holy Wells of Wexford and Pembrokeshire

Imleabhar 4 sa tsraith:
Toibreacha Beannaithe Loch Garman agus Sir Benfro

Ancient Connections | Wexford-Pembrokeshire Pilgrim Way | Parthian Books

Cysylltiadau Hynafol | Llwybrau Pererindod Llwch Garmon a Phenfro | Parthian Books

Ceangal Ársa | Bealach Oilithreachta Loch Garman agus Sir Benfro | Parthian Books

Cyfrol 4 yn y gyfres:
Ffynhonnau Sanctaidd Llwch Garmon a Phenfro

Mae dwy thema yn cael eu plethu ynghyd yn y casgliad hwn o ddwy stori fer rymus gan Diana Powell ac ysgythriadau rhydd, hudolus Flora McLachlan: sancteiddrwydd dŵr a pherthynas menywod â'r lleoedd y mae'n tarddu ohono. Fel arfer, cysylltir Santes Non a Santes Gwenonwy, prif gymeriadau'r gweithiau hyn, â gwŷr enwocaf y cyfnod Cristnogol cynnar. Serch hynny, ni chaiff yr hanesion a adroddir yma eu cyfyngu'n llwyr gan y perthnasoedd hynny a cheir cipolwg dychmygus a dirwystr ar deimladau mewnol y menywod.

.   Bum canrif ar ôl ei farwolaeth, cafodd hanes genedigaeth Dewi Sant ei adrodd yn *Vita Davidis* (Buchedd Dewi Sant), hagiograffeg o'r unfed ganrif ar ddeg a ysgrifennwyd gan Rhygyfarch, a oedd yn fab i Sulien Ddoeth, Esgob Tyddewi. Er ei bod hi'n amhosibl gwybod pa mor gywir yw *Vita Davidis*, mae wedi dylanwadu ar weithiau ar y pwnc ers hynny. Yng Nghyfrol 4 cyfres *Ffynhonnau Sanctaidd Llwch Garmon a Phenfro*, cawn brofi genedigaeth Dewi Sant mewn hanes dirdynnol a dyfrllyd a adroddir o safbwynt ei fam. Lleian ifanc oedd Nonnita a oedd yn byw mewn cwfaint yn Nhŷ Gwyn ger Porth Mawr. Cafodd ei threisio gan Sant, Brenin Ceredigion a chenhedlwyd Dewi ar ôl y weithred frwnt hon. Pan oedd Non ar fin esgor, cerddodd i le ar y clogwyni a oedd efallai, yn fan geni cymunedol. Yna, bu storm fawr o fellt a ganed Dewi mewn llif o oleuni.

Credir bod Gwenonwy ach Meurig wedi'i geni i deulu bonheddig yn Aberhonddu. Dywedir ei bod yn chwaer i'r Brenin Arthur. Priododd â Gwyndaf, uchelwr a brodor o Lydaw a chafodd ddau blentyn, Hywyn a Meugan. Roedd Sant Gwyndaf yn gyfoeswr i Dewi ac Aeddan ac ymsefydlodd yn Llanwnda am gyfnod ar ôl ffraeo gydag Aeddan am ffynnon sanctaidd. Ychydig iawn a wyddom am Gwenonwy. A wnaeth hi gofleidio'r bywyd asgetig ar arfordir llwm a gwyllt gogledd Sir Benfro neu a oedd hi'n dyheu am ei hen fywyd moethus? Efallai iddi ddilyn ei thrywydd ei hun? Pan ymadawodd Gwyndaf am Ynys Enlli, tybed a ddilynodd Gwenonwy ef, neu a arhosodd hi?

ENGLISH

Volume 4 in the series:
Holy Wells of Wexford and Pembrokeshire

Woven together in this collection of two powerful short stories by Diana Powell and magical fluid etchings by Flora McLachlan are two themes: the eternal sacredness of water and women's relationships to the places from which it springs. While the two protagonists, St Non and St Gwenonwy are intimately connected to their more famous early Christian menfolk, they are not wholly contained by those relationships, their inner lives are here imagined richly and without censorship.

In Volume 4 of the series *Holy Wells of Wexford and Pembrokeshire*, we are submerged into the birth of St David in a visceral and watery account seen through his mother's eyes. The story of St David's birth is recounted in *Vita Davidis* (The Life of Saint David), an eleventh-century hagiography written by Rhygyfarch, who was the son of Sulien the Wise, the Bishop of St Davids. Written five centuries after David's lifetime, it is impossible to know how historically accurate *Vita Davidis* is, but it has influenced every subsequent writing on the subject. Nonnita was a young nun living at a convent at Ty Gwyn, near Whitesands, who was raped by Sant, The King of Ceredigion. David was conceived of this short and brutal union and when her labour began, Non walked to a place on the clifftops, perhaps a communal birthing place. A terrible storm began, lightning struck and Non was bathed in a pool of light as David was born.

St Gwenonwy ach Meurig was thought to be of noble birth and born in Brecon. It is said that she was the sister of King Arthur. She married Gwyndaf, an aristocrat and native of Brittany and bore him two children, Hywyn, and Meugan. St Gwyndaf was a contemporary of David and Aidan, and it was a falling out with the latter over a holy well that led to his settling at Llanwnda, at least for a while. Of Gwenonwy, we know very little. Did she embrace this ascetic lifestyle on the bleak and wild coastline of north Pembrokeshire, or did she long for her old life of relative luxury, or did she pursue a different path all of her own? When Gwyndaf departed for Ynys Enlli, did she stay, or did she follow?

Imleabhar 4 sa tsraith:

Toibreacha Beannaithe Loch Garman agus Sir Benfro

Tá dhá théama fite fuaite sa dá ghearrscéal chumhachtacha seo le Diana Powell agus sna heitseálacha líofa diamhra le Flora MacLachlan: síornaofacht an uisce agus ceangal na mban leis na háiteanna as a dtagann sé. Cé go bhfuil dlúthbhaint ag an mbeirt phríomhcharachtar, Naomh Non agus Naomh Gwenonwy, le fir ón Luathré Chríostaí ar mó a gcáil, tugtar léargas samhlaíoch gan srian ar shaol inmheánach na mban seo.

In Imleabhar 4 den tsraith *Toibreacha Beannaithe Loch Garman agus Sir Benfro*, sáitear sinn i mbreith Naomh Dáibhí trí shúile a mháthar le cur síos nach ndéanann aon ní a cheilt. Tá cuntas ar bhreith Naomh Dáibhí in *Vita Davidis* (Beatha Naomh Dáibhí), leabhar naomhsheanchais le Rhygyfarch, mac le Sulien stuama, Easpag Eaglais Naomh Dáibhí. Scríobhadh é tuairim is cúig chéad bliain tar éis bhás Dháibhí, mar sin is deacair cruinneas stairiúil *Vita Davidis* a mheas, ach bhí tionchar aige ar gach saothar a scríobhadh ina dhiaidh sin ar an ábhar. Ba bhean rialta óg í Nonnita a raibh cónaí uirthi sa chlochar ag Ty Gwyn, in aice Porth Mawr, nuair a rinne Sant, Rí Ceredigion, éigniú uirthi. Gineadh Naomh Dáibhí mar thoradh ar an gcumann gairid brúidiúil agus nuair a tháinig tinneas clainne uirthi, d'imigh Non go háit ar bharr aille, áit luí seoil an phobail, seans. Thosaigh stoirm uafásach agus lonraigh bladhmanna tintrí ar Non le linn di Daibhí a thabhairt ar an saol.

Mheastaí gur de shliocht uasal Naomh Gwenonwy ach Meurig agus gur rugadh in Aberhonddu í. Deirtear gur deirfiúr le Rí Art a bhí inti. Phós sí Gwyndaf, Briotánach uasal, agus bhí beirt chlainne orthu, Hywyn agus Meugan. Bhí Naomh Gwyndaf beo ag an am céanna le Naomh Dáibhí agus le Naomh Aodhán, agus is de bharr easaontas faoi thobar beannaithe leis an dara duine acu sin a lonnaigh sé in Llanwnda, ar feadh tamaill ar a laghad. Is beag atá ar eolas againn faoi Gwenonwy. Ar ghlac sí chuici an saol aiséitiúil ar chósta sceirdiúil Sir Benfro, nó ar shantaigh sí a seansaol sócúlach, nó ar ghabh sí conair iomlán nua di féin? Nuair a thug Gwyndaf aghaidh ar Ynys Enlli, ar fhan sí mar a raibh sí nó ar lean sí é?

'Nonna ger y môr. Y
môr. Edrych ar y môr
aflonydd. Edrych ar
les gwyn y tonnau, yn
crychu, yn suddo; y
sidan glaswyrdd.
Neu … y pigau duon, yn
deilchion, yn diflannu.'

'Nonna by the sea.
Sea. See the sea. Watch
its restless throes.
See spools of white
lace, riffling the sunken
edges; blue-spun
gossamer. Or … black
shards, shattered,
dissolving.'

Rhodd

Ffynnon Santes Non, Tyddewi

Nonnita wrth y ffynnon.

Cymer y lletwad – nid cragen maharen na phenglog offeiriad – a chymer
ddŵr o'r ffynnon. Rho'r dŵr ar dy wefus.
Dim, ond hyn. Nawr, ac am byth. Diferyn ar dafod, yn llithro i lawr,
ymhellach. Yn puro'r hyn a halogodd ef. Dy gorff.
Cymer y lliain, a'i wlychu. Gwasga'r dŵr ohono, a'r dagrau o'th lygaid.
Rhwbio, rownd a rownd. Dy fronnau, dy gluniau … rhyngddynt. Popeth
a gyffyrddodd. Dy fol, o'r bogail am allan. Yn cylchdroi. Neu … yn groes
i'r cloc, yng nghrafangau'i felltith ef – ond ti fwriodd dy felltith arno ef, a'i
orfodi i wneud hyn. Dyna a ddywedodd ef.
Ac rwyt ti'n gwybod – mae rhywbeth yno.

Nonna ger y môr.

Y môr. Edrych ar y môr aflonydd. Edrych ar les gwyn y tonnau, yn crychu,
yn suddo; y sidan glaswyrdd.
Neu … y pigau duon, yn deilchion, yn diflannu.
Pwysau trwm yn ymchwyddo – ef …
Teimla'r môr. Teimla flas yr heli ar dy dafod, yn trechu'i dafod *ef*, yn llyfu.
Clyw'r môr – y lloer yn plycio'r tonnau, eu strymian yn ôl ac ymlaen. I mewn
ac allan. I mewn ac allan. A chytgord dy anadl.
Neu –clyw alargan y môr. Ei waedd aflafar, yn galw arnat ti, fel y gwnaeth ef.
'Non-na!'
Cerdda lawr ato, cerdda i'r môr. Gad i'r môr dy olchi, i mewn i'r fan honno, lle
bu ef. Gad iddo fynd dros dy ben. Cerdda ymhellach. Wedi mynd.

Ond na. Geni nid marw sy'n digwydd yma. Rwyt ti'n caru'r môr. Ni all hyn ddigwydd yma.

Lleian yn y glaw.

Glaw. Yn ffrwd ar ei chroen, ar ei bol chwyddedig. Mae hi'n falch, ac yn codi'i hwyneb – mae'n oeri ei chroen, yn gwlychu ei gwefus.
Ond yna … y hi, yn cael ei golchi ymaith, ei golchi i falu'n fân ar y creigiau is law. Beth arall all ddigwydd? Traed mewn magl, bysedd yn ymestyn, bysedd yn gwasgu. Boddi yma. Tan …
… y hi, dim ond y hi, mewn môr o oleuni.

Non – dyfroedd yn torri.

Hyn, nawr. Daw'r dŵr ohoni hi. Nid llymaid, nid dŵr o'i hamgylch na dilyw ar ei phen. Ond ei dŵr *hi*, ohoni hi. Nid dagrau. Mae diferion ei dagrau wedi hen fynd. Yn ddim o'i gymharu â hyn. Y llif o'i chroth.
Poen. Mwy o wasgu, nawr – ei stumog, y graig, yn gafael. Ond mae'r boen – y plentyn – yn ei dryllio, fel y gwnaeth ef.

Ffynnon Fendigaid Non

Tafod, eto. I ddal y glaw, i leddfu'r sychder; glaw i'th olchi, i olchi'r baban. Na, mae'r galw wedi cilio.
Cropian, ac yntau'n dal ynghlwm. Pen i lawr, llaw yn cyffwrdd. Beth?
Hyn. O dan dy fysedd. Dŵr o groth y Ddaear, pwll lle sgwriodd y dŵr y graig. Rwyt ti'n cyffwrdd dy wefus, yn plygu dy ben ac yn agor dy geg. Ei lyncu.
Puro o'r newydd. Ti sydd wedi dy sgwrio nawr.
Gweld. Ac wyneb y dŵr yn ddrych i'r dyfodol – y lliain y buost yn ymolchi ag ef yn hongian yn offrwm; darn arian, cannwyll, cwarts. Y pererinion yn ymgynnull. Fe glywi di weddïau yn cael eu hateb, fel y cafodd dy weddïau di eu hateb. Rwyt ti'n gweld y rhai fu wedi torri, nawr yn gyfan. Fel rwyt ti. Dy rodd. Ti, a phawb, wedi eu bendithio. Gan y dŵr.

CÂN Y DŴR SONG OF THE WATER AMHRÁN AN UISCE

Gift

St. Non's Well, St. David's

Nonnita at the House Well.

Take the ladle – no limpet shell, nor priest's skull – draw from the well. Put the water to your lips.
Nothing but this. Now and forever. Sipped on your tongue, slipped down your throat, further. Purifying what he has marred. Your body.
Take the rag, dip it in. Wring the water from it, the tears from your eyes.
Work it round, round. Your breasts, your thighs … between. All that he has touched. Your belly, from navel, out. A spiral. Or … widdershins, to thrall his curse – you, cursed, for making him do this. He said.
Already you know – there is something there.

Nonna by the sea.

Sea. See the sea. Watch its restless throes.
See spools of white lace, riffling the sunken edges; blue-spun gossamer.
Or … black shards, shattered, dissolving. Leaden mass heaving – he, heaving …
Feel it. Feel the salt-lick of it, meeting the lick of your tongue, defeating his tongue, licking.
Hear it – moon-plucked, strummed back and fore. In, out, in, out, your breath in harmony.
Or – hear it. Its dirge. Its jarring shout, summoning you, as he did.
'Non-na!'
Walk down to it, walk into it. Let it wash around you, into you. Into there, where he went. Over you. All over you, if you walk further. Gone.

No. Birth, not death, will happen here.
Besides, you love the sea. You will not let this happen, here.

Nun in the Rain.

Rain. The runnel of it on her skin, matching the rindled, swollen stomach.
She is glad, at first, lifting her face to it – skin cooled, lips wetted.
Then … her, washed away, washed down, to break on the rocks below.
What other can it be? Feet clotted in mire, fingers splaying, clenching.
Drowning will happen here, after all. Until …
 … her, only her, illumined.

Non – her waters breaking.

This, now. The water from her. Not supped, nor roiling round her, or
deluged on her. But from her. *Her* water. Her own. Not tears. The tears have
gone, were insignificant dribbling, compared with this. An outpouring from
her womb.
Telling. Pain. More clenching, now – her stomach, a rock, holding. But the
pain – the child – breaks her asunder, just as he did.

Blessed Non Fendigedig's Well.

Tongue, again. To catch the rain, to soothe the parch; rain to wash you, the
babe. No. The rain has gone.
You crawl, it is all you can do, him bound to you, still. Head down, hand
feeling. What?
This. Beneath your fingers. Water from Earth's womb, now, a pool scoured.
You touch your lips. You bow your head, open your mouth to it. Swallow it
down. A new purification. You, scoured, now.
Seeing. The mirror'd surface scried. This is what it will give – the rag you
bathed with, hung in offering; coin, candle, quartz. The pilgrims gathering.
You hear the prayers offered, answered, as were yours. You see those who
are broken, fixed. As you were. Your gift. You, all, blessed. By the water.

13

Gwraig y Pererin

Ffynnon Wnda, Llanwnda

'Ust!'

'Clyw!'

Yma?

... dilyn yr alwad. Dilyn ...

... cytgan teloriaid y coed, clecs y dail? Cwyn drychiolaethau sy'n gaeth yn y garnedd?

Efallai.

Y dŵr.

Y dŵr sy'n galw. Cân y dŵr. Duwies yr afon, efallai. Neu ... dim ond adlais dyhead – i wlychu dy dafod, i sychu dy dalcen, i olchi dy draed. Dyheadau pererin.

A do, cefaist hyd i'r rhain. Yma.

Gwaed.

Dwyt ti ddim am weld gwaed. Ond beth arall all fod yn rhydu'r cerrig mân o dan dy draed? Ai'r drychiolaethau, nawr yn gnawd, crair o'r brwydrau a fu? Neu ... a ddaw morwynion yn eu blodau i olchi eu gwaed (nid oes tynged yma); i esgor ar blentyn – i newid eu gwedd – i fod yn 'fam'?

Menywod.

Byddai'n well gennyt ti gredu mai y nhw oedd yn galw. Yn fawlgan, nid yn alarnad am eu pechodau.

Rwyt ti'n eu gweld nhw, wrth i ti groesi i'r cysgodion. Mae rhywbeth am y llannerch hwn – agosrwydd/pellter, beth fu/beth fydd. Llonyddwch, dyna sydd ei angen i ganfod saib rhyngddynt.

Lleisiau.
Aflafar, rhyfygus – y dynion, yn dod dros y bryn i chwilio amdanat ti. Yn galw dy enw – 'Gwenonwy!' – dy ŵr yng nghanol ei ddadl â'r llall. 'Sant' arall, daw hwn o Iwerddon.

Rwyt ti'n cuddio y tu ôl i'r coed. Efallai na wêl y ddau'r ffynnon a'r pwll. Efallai y cânt lonydd i adrodd eu hanesion eu hunain, neu'r stori rwyt ti'n ei chreu.
Ond na, wrth gwrs eu bod yn gweld ac – rwyt ti'n clywed hyn gan fod eu lleisiau'n codi – fe fydd yn ffynnon wedi'i sancteiddio gan … ? Y ddau. Mae'r ddau am ei hawlio dros Grist a'i henwi i'w hunain. Mae'r ddau'n gweiddi nawr. Rwyt ti'n troi ac yn mynd.

Gwaed.
Nid oes amheuaeth y tro hwn. Ei waed ef yn diferu i'r llawr. Rwyt ti'n dweud dim. Rwyt ti'n gwybod na ddylet ti ddweud dim. Mae'r llall wedi mynd, i'r lle sanctaidd, y lle roeddet ti ag ef am fynd. Ond nid nawr. Fe ei di i rywle arall. Mae e'n brasgamu ymaith. Ac …

… mae hi'n dilyn.

Cam. A cham arall. Sawdl i lawr, bodiau i ddilyn. Eto. Ac eto. Aeth y gaseg ar goll beth amser yn ôl. Rhaid i'r unig geffyl sydd ganddynt gario'u holl bethau. Un cam o flaen y llall. Un cam ar ôl y llall. Mae'n plygu ei phen – mae'n haws syllu ar y ddaear wrth esgyn – a dyna yw hyn … weithiau i lawr, ond yn esgyn eto, bob tro.
Mae'r pridd yno, o dan ei thraed. Mae'n ei deimlo, mae gwythiennau'i chorff yn ymledu i'w wreiddiau. Mae'n ysu i'r pridd ei dal, ei chofleidio fel y gall orffwys. Ond na, mae'n rhaid iddi symud, ei gwyno ef yn ei gwthio.
'Gawn ni aros ar y grib?' Man braf, nant is law a chorsydd o'i hamgylch.
Na.
Neu … ffynnon arall ymysg y coed, mor heddychlon â'r llall.
Na.
Ymlaen â nhw.

Nes …
'Yma,' meddai ef. 'Dyma'r lle arhoswn ni.'

Ac mewn gwirionedd, nid oes yr unlle pellach, ac eithrio'r môr.

Ond yn gyntaf, mae awyr.
Roedd hi'n meddwl bod arni eisiau awyr, bod ei angen arni i anadlu. I gerdded – pob cam; i fyw … i fyw gydag ef, yn ei santeiddrwydd syrffedus. Onid dyna a fyddai'n digwydd? Byddai'n ei gymryd i mewn, ei dynnu drwy ei chorff, yn cael ei gweddnewid? Ie. Ond nid fel hyn, mae *hyn* yn ormod. Y gwynt cyson. Mae'n dod o'r môr acw, yn hyrddio'r bryn, yn atseinio'n ôl a blaen ac yna'n ergydio'r hofel y maent wedi'i hadeiladu. Weithiau nid oes hofel. Mae'r gwynt wedi chwythu, mae'n rhaid iddynt ddechrau eto. Ni all ddianc ohono, y dyrnu i ddod i mewn a'r fflangellu wrth iddo ffrwydro'r tu mewn – y hi, nid y cwt. Nid yw'r awyr yn ei hatgyfnerthu, wedi'r cwbl.

Ac yna, mae asgwrn. Mae yno o dan yr wyneb, o dan ei dwylo a'i phen wrth iddi orwedd. Asennau'r ddaear. Nid nyth o wreiddiau. Nid clustog feddal. Ond daear galed. Ar y bryn, mae'r asgwrn yn torri'n rhydd o'r pridd, yn ymwthio at yr awyr. Mae hi'n dringo ac yn gweld bod y graig yn un o lawer o esgyrn, yn ymestyn fel asgwrn cefn y penrhyn. Daw o hyd i feddrod pridd; a thu mewn iddo, gwêl ddarn o benglog – anifail, fe dybia. Mae'n crafu'r llwch ac yn claddu'r benglog. Asgwrn at asgwrn. Nid yw'n rhywbeth y mae hi'n dymuno ei gael. Ac eto, mae ef yn rhoi asgwrn pigog iddi, asgwrn sy'n gwthio drwy'i gnawd gwaedlyd. Torrodd ei glun wrth syrthio oddi ar ei geffyl. Mae hi'n edrych arno, yn meddwl am yr hyn a ddarganfu ar y Garn, yr hyn sy'n gorwedd is law, ac yn dymuno y bydd yn dychwelyd i'r lle y mae'n perthyn.

Mae'n pendroni. A oes yna rywbeth arall?
Ai dyma'r cwbl sydd i'w gael?
Ble bynnag y mae hi …

Mae e'n gwella. Yn araf, ond nid yn ddistaw, gan restru ei bryderon, ei gwynion a'r gelynion arferol. Yr anghredinwyr. Y Gwyddel. Y pysgodyn. Ie, y pysgodyn sydd ar fai am ei gwymp. Y pysgodyn a gododd o'r nant, gan ddychryn ei geffyl. Mae e'n melltithio'r pysgodyn.

Mae e'n cysgu. Daw hi o hyd i lysiau Cadwgan – meddyginiaeth ei nyrs – ymysg y llwyni a gwna ddiod. 'Ŷf hwn,' meddai hi.

Mae e'n cysgu. Mae hi'n breuddwydio. Mae hi'n breuddwydio am ddŵr. Y môr sy'n gwneud hyn i mi, meddylia, yn tynnu fy sylw wrth i mi weithio; mae'n ei thwyllo, un funud yn las a'r nesaf yn llwyd; yn llonydd am ennyd, yn aflonydd y nesaf. Mae hi'n breuddwydio am sut y gwelodd hi'r môr o'r Garn, yn ymestyn draw i fyd pellennig. Neu … yn syrthio, dros y dibyn, i … ddim. P'run? Pam nad yw'n rhoi llonydd iddi? Felly, un diwrnod, mae hi'n mynd.

Mae hi yno, ac eto nid yw hi yno. Mae'r môr yn bell is law. Mae'n ymaflyd ac yn llonyddu, yn briwio'r creigiau ac yn blingo'r traeth. Dyma'r lle cai hi anadlu, y byddai'r llepian ysgafn y mae'n ei chwennych yn ei hachub. Ond mae'r môr yn llesteirio'i chalon, yn llosgi'i hysgyfaint. Nid dyma'r hyn y mae hi eisiau. Mae hi'n troi ac yn cerdded … adref?

Ond … mae hi'n dychwelyd, gan nodi'r tro hwn, fod y môr yn dawel. Y tro hwn, mae ei hanadl yn un gydag ef. Mae hi'n canfod ffordd i lawr ato – yn sgrialu, yn llithro, yn crafangu ar ddim – yn sefyll wrtho ac yn gadael iddo olchi'i thraed. Ac yn estyn ei llaw …

Mae yna rywbeth am ddŵr. Sut y mae'n llenwi'r gwpan a ffurfiodd â'i dwylo, sut na all ei deimlo, er ei fod yno. Sut wedyn, mae o'n llifo oddi yno … yn canfod yr holltau trwch blewyn rhwng ei chnawd, yr holltau na all hi eu gweld. Sut y mae'n llifo oddi wrth ei thraed ac yna'n dod yn ôl eto. Mae'n hoff o hynny, y ffordd mae'n anwesu ei fferau. Tafod feddal … ond … mae hi'n sylwi ar falurion y creigiau, ac yn gwylio wrth i'r dŵr godi'r cerrig mân yn ôl a blaen – ac mae'n deall ei rym. Ac ydy, mae'r môr yn codi, y tonnau'n frochus, eu sŵn yn dyrnu yn ei chlustiau. Mae'n rhaid iddi hi fynd. Ni all aros yma. Mae'n dyheu am ddŵr gwahanol.

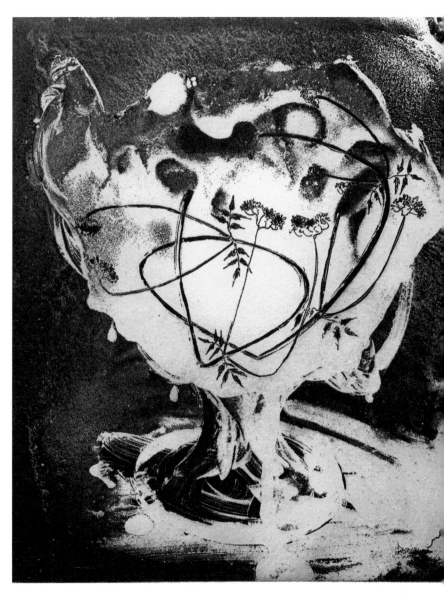

Yna, mae'r glaw. Cymaint o law! Daw *hwnnw* o'r môr hefyd. Gwyliodd wrth i'r môr a'r awyr droi'n ddu, ac – ydy, mae hi'n sicr o hyn – fe gododd y cymylau'r dŵr o'r môr, ei godi i'r awyr, ei gasglu cyn i'r gwynt – y gwynt sydd wrthi o hyd – ei chwythu i'r lle y mae hi'n sefyll, a'i dywallt drosti. Drosti hi, drosto ef, dros eu cwt, eu stôr, ac, ac … Ddydd ar ôl dydd. Dŵr nad oes arni ei eisiau.

Daw hi o hyd iddo un bore – pan aiff ef, yr asgwrn yn ôl yn ei le, i chwilio am ei braidd. Pysgotwyr o'r harbwr, ffermwyr o'r caeau. Mae e'n dychmygu. Mae'r nant wedi bod yno erioed, wedi eu cynnal ond ni ŵyr o ble y mae'n dod. Mae hi'n dilyn y nant, yn ôl tua'r Garn, yn gwthio drwy'r drain a'r mieri, ei chnawd *hi'n* cael ei rwygo, nawr. Ac eto, ymlaen â hi, fel pe bai rhywun yn ei galw, fel yn y lle arall hwnnw, fel pe bai hi'n gwybod …
… gwybod ei fod yno, mewn llannerch caregog â draenen wen gam, gwybod bod dŵr yn y ddaear. A chlyw'r gân eto. A phwll i'w thraed, na fydd yn cilio. Dyma ddŵr y gall ei godi, a'i yfed a'i yfed drachefn a thrachefn, a'i deimlo ar ei thafod, yn ei cheg ac i lawr ei gwddf i le dwfn y tu mewn iddi hi ei 'hunan'. Y hi.

Mae rhywbeth am ddŵr. Rhyw ddŵr arbennig. Y dŵr hwn, sy'n gwneud hyn.

Ac felly nawr, mae ganddi hi hyn, nid asgwrn caled nag aer sy'n twyllo, ond *hyn*.
Ond nid yw'n eiddo iddi hi.
Mae hi'n mynd un noson olau leuad – noson yr eneidiau, y byddai ei nyrs yn eu galw cyn i Grist ddod i gymryd eu lle – gan obeithio gweld llygaid y ffynnon , yn gorlifo â dagrau arian, i weld y dŵr yn dawnsio.
Ond, nid y dŵr sy'n dawnsio. Y morwynion – os dawnsio yw'r hyn a wnânt – yn chwifio'u breichiau, yn siglo'u cluniau ac yn codi eu pennau at y lloer. Y morwynion â'u cnawd noeth yn crychdonni yng ngolau'r lloer, yn plygu i yfed y dŵr, a'i dasgu dros ei gilydd yn chwareus.
Yn y bore, ar ôl iddynt fynd, daw hi o hyd i offrymau yn y dŵr, neu ar y creigiau. Cerrig bach gwynion, darnau o arian; tamaid o frethyn, pabwyr. Offrwm i bwy neu i beth?

Ac yn y dyddiau sy'n dilyn, fel pe baent wedi eu gadael iddi hi – gwêl bin, cragen, glain neidr, yn ei chroesawu, yn gofyn rhywbeth ganddi, yn gofyn iddi hi ymuno gyda nhw. A dyna mae hi'n ei ddymuno.
Ac felly, un noson, mae hi'n ymuno â nhw. Mae hi'n yfed yn gyntaf- er ei bod yn yfed bob dydd o'r ffynnon sydd wedi'i chuddio gan y ddaear. Yna, mae'n sefyll, a'i hadlewyrchiad yn y pwll, yn noeth, yn codi'r dŵr drosti – ei hwyneb, ei breichiau, ei bronnau, ei stumog, ei choesau … rhyngddynt. A nawr, mae hi wedi'i phuro. Yna, mae hi'n dawnsio, fel y morwynion, yn chwa o wynt, yn crychu'r dŵr, yn chwarae. Y hi, nad yw'n forwyn mwyach – yn fam, bron yn wrach – tan i'w meddwl, ei chorff a'i henaid lifo'n un. Ac mae'n teimlo … wedi'i haileni.

Mae popeth wedi newid nawr.

Neu … rwyt ti wedi newid. Wedi camu o'r cysgodion i'r goleuni.

… dringa'r Garn, eto – llama dros greigiau, yn sicr a chwim dy droed. Eistedd ar y gromlech, i graffu ar y môr … ac ymhellach, i'r 'tu hwnt'. Mae ef yna, lle mae'r dŵr yn ymuno â'r awyr. Neu … a yw ef is law? Naid fach a thro ystwyth at geg y beddrod, dod o hyd i'r asgwrn, atgof yn codi i'r wyneb. O'i weld o'r newydd, nid anifail yw ef. Dyn, un o'r rhai a gladdwyd yn ddwfn is law. Tywysog efallai neu ryfelwr. Yno, o flaen dy lygaid, mewn arfwisg yn gorymdeithio. Daw o amser maith yn ôl â chredoau llawer hŷn na'r morwynion sy'n dawnsio ger y ffynnon. Mae'r tywyllwch yn syllu arnat ti, crombil y ddaear. Y ffordd i'r canol, i'r groth? Ond na …

… edrych ar y môr o'r newydd. Yn las llachar, yn adlewyrchu nefoedd. Cer ar hyd ei lannau gyda'r morloi a'r 'selkie', cana gân iddyn nhw, wrth iddynt grychlamu'n fywiog yn y dŵr bâs.
Mae cwch ar y dŵr chwareus. Maen nhw'n gwneud hyn, cychod bregus yn dod i'r harbwr is law. Daw rhai o Iwerddon, dyna a ddywedodd ef, gan ddod â phererinion i ymweld â'r lle sanctaidd. Mae e'n meddwl y byddan nhw'n dod yma cyn bo hir. Ac ydy, mae e'n gywir, fe weli di hynny hefyd. Byddant

yn ymweld â'r eglwys mae'n ei hadeiladu, byddant yn ymweld ag ef, yn gwrando ar ei bregethau. Yn cyffesu. Yn aros i gael eu hymgeleddu.

Ai o dros y môr y daeth y bobl sydd wedi'u claddu yma? Ai o Iwerddon?

Efallai i ti weld Iwerddon ryw dro pan grwydraist ti ymhellach i'r gorllewin, cyn belled â'r penrhyn hwn. Iwerddon. Yn siâp aneglur ar y gorwel.
Neu … yn ôl y chwedlau, yn wlad hudolus, wedi codi o'r dyfroedd?
Neu … Annwn wedi newid ei wedd, eto.

Mae'r man hwn, lle rwyt ti nawr, lle cefaist dy alw – yn fan sanctaidd. Yn drothwy rhwng tir a môr, y byd hwn, y byd Arall. Estyn dy ddwylo, medri ddal y ddau.
Ac mae'r ffynnon rhwng y môr a'r beddrod, yn eu dwyn ynghyd. Daw ei dŵr o grombil y ddaear. O dan y creigiau a ffurfiodd y Garn; mae'n codi yn y ffynnon er mwyn llifo'n ôl o dan y ddaear, ac i'r môr.
Asgwrn, awyr a dŵr yn un. A'r ffynnon yw dechrau'r cyfan
Gofod i geisio dy wirionedd.
Ti, a'r menywod sy'n dawnsio.
Ond … nid oes menywod.
Rwyt ti'n gwybod hyn. Gwybod nad ydyn nhw'n ddim ond darluniau dy ddychymyg. Neu ysbrydion y rhai a fu o'r blaen. Ti adawodd yr offrymau. Ti, a thi'n unig sy'n dawnsio ger y dŵr, yn codi dy wyneb i'r awyr. Codwyd y gorchudd, gan ddangos y ffordd.

Un dydd, pan wyt ti ar lân y môr, mae e'n dod o hyd i'r ffynnon. Rwyt ti'n gwybod cyn gynted ag y doi yn ôl, mae ef yno yn malu'r llwyni, yn twtio – mae ef wedi twtio'r offrymau. 'Edrych ar y 'llanast', meddai. 'Ac edrych, ffynnon. Un llawer gwell na'r un hawliodd y Gwyddel. Fy ffynnon i, caiff ei henwi ar f'ôl i! Ffynnon sanctaidd i'r pererinion drochi eu traed ynddi – a bydd y rhai sy'n aros yn cyd-weddïo gyda mi ac yn teimlo nerth Duw yn y ffynnon, yn eu hiachau nhw. Mawl i Dduw!'

Cyfog sy'n codi, curiad dy galon sy'n cyflymu, a dy ddyrnau'n cau'n dynn.
Ni all hyn fod. Ond yna … fe ddaw … nid oes ots. Fe weli di nad oes ots pa
Dduw, pa Oes, pa bobl, sanctaidd ai peidio sydd 'piau' y ffynnon.
Yr hyn mae'n ei roi sy'n bwysig. Ac fe fydd yn rhoi i bwy bynnag sydd
mewn angen.

Ac felly, ymhen amser, adeiladodd ef ei eglwys, casglodd ei braidd, ac mae
ganddo'i ffynnon. Mae popeth yn dda, tan … 'Tyrd,' meddai, un bore. 'Dilyn
fi,' meddai. Gŵys y pererin. Dy wŷs di. Dylet wybod. Dylet gofio mai felly
y mae hi o hyd, nad yw ef byth yn fodlon, lle bynnag yr wyt ti, lle bynnag y
mae ef. Nid oes dim byth fel y dylai fod.
'Fe awn ni i'r gogledd.' (Gogledd, eto!)
'Awn at yr ynys sanctaidd, lle mae'r saint yn gorffwys.' (Mae e'n sant yn
barod!)
Dwyt ti ddim eisiau mynd. Sut fedri di? Sut fedri di adael popeth rwyt ti
wedi'i ddarganfod?

Ust! Clyw! Dilyn …
… cri'r wylan, dolefain y gwynt. Cwynion y drychiolaethau sy'n gaeth yn y
beddrod ar y Garn. Efallai.
Nid y fenyw, mae'r fenyw wedi mynd. Wedi hen fynd.
Y dŵr.
Cân y dŵr a fu unwaith yn galw arni. Adlais ei dyhead i gael gwlychu ei
gwefus, sychu ei thalcen, golchi ei thraed. Dyheadau pob pererin. Pob un
wedi'u bodloni. Pob un wedi'u gwaredu. Y rhain, a chymaint mwy. Sychwyd
y dagrau. Gwireddwyd dymuniadau. Ac fe roddwyd bywyd. Yma. Ger y dŵr.

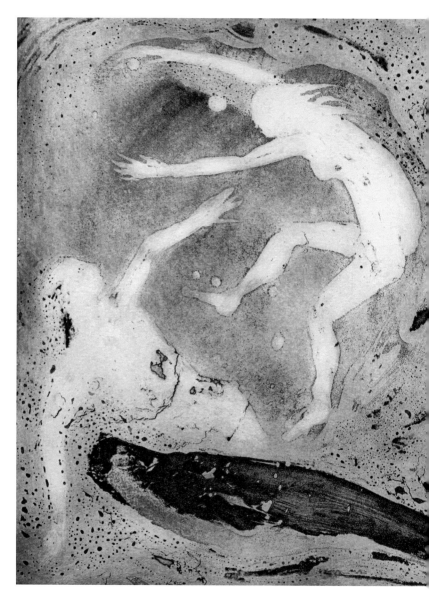

'...edrych ar y môr o'r
newydd. Yn las llachar,
yn adlewyrchu nefoedd.
Cer ar hyd ei lannau
gyda'r morloi a'r selkie,
cana gân iddyn nhw,
wrth iddynt grychlamu'n
fywiog yn y dŵr bâs.'

'… see the sea, anew. A
lambent blue, heaven-
mirror'd. Trip down to its
shore, shared with the
seals and selkies, sing
to them, as they sing to
you, gambolling in the
shallows.'

A Pilgrim Wife

St. Wnda's Well, Llanwnda

'Hark!'
'Hear!'
Here?
… following the call. Following …
 … the chorus of the wood-warblers, the gossip of the leaves? The complaint of the wraiths, trapped in the mound that rises above? Maybe. The water.
It is the water that called you. Its song. A naiad, perhaps. Or … no more than an echo of your longing – to wet your tongue, to mop your brow, bathe your feet. The wants of a pilgrim.
And yes, you have found all that. Here.

Blood.
You do not want to see blood. But what else can it be, rusting the pebbles beneath your spooling toes? Is it the wraiths made flesh, a relic of their battles? Or … do maidens come, to wash their monthly bleeding away (no *tynged*, here); to give birth – a shift, a shape-change to 'mother'?
You prefer it to be the women.
You prefer to think it was their song that called. Not a lament for their violation, but a paean.
You see them, as you cross into the shadow-margins. Something else about this clearing – close/distant, what was/what is next. All you need is the hush to find the pause between.

Voices.
Loud, jarring sounds – the men, climbing the hill, coming to find you.

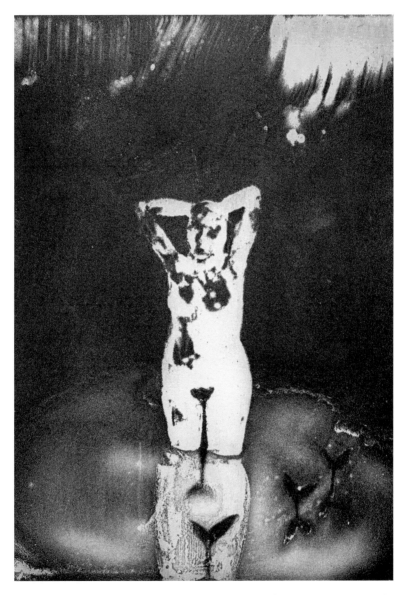

Calling your name – 'Gwenonwy!' – that, from your husband, caught amongst the arguments with the other. Another 'saint', this one from Ireland.

You shy behind the trees. Perhaps they will not see the spring and pool. Perhaps they will leave it to its own story, or the story you have made. But no, of course they see, and – you hear this, because they are louder still – it is to be a well, sanctified by … ? Both. Both of them, wanting to claim it for Christ, name it for themselves. Both are shouting now. You turn and slip away.

Blood.
This time, there is no doubting the blood, watching it spiral down. His. You say nothing, you know to say nothing. The other has gone, on to the holy place, where he, you were to go. But not now. You will go elsewhere. He tramps away. And …

… she follows.

A step. Think of one step. Heel down, toes after. Again. Again. They lost the mare some time ago. The one horse that remains must carry their trappings. One step in front of another. One gait after the next. She keeps her head bowed – it is easier to stare at the ground, when going uphill – which this is … sometimes down, but always up, again.
The earth is there, beneath her feet. She feels it, the veins of her body spreading down into its roots. She wants it to hold her, cradle her, so she can rest. But no, she must go on, led by his complaining.
'Can we not stop on this ridge?' A pleasant spot, a stream below, a fenland around.
No.
Or … another spring among trees, as peaceful as the last.
No.
On they must go.

Until …
'Here,' he says. 'This is where we will stay.'

And, in truth, they can go no further; there is no 'further', except the sea.

But first there is air.
She thought she wanted air, thinking to need it to breathe. To walk – each step; to live … to live with him, shrouded in his cloying holiness. Was that not what happened? That she would take it in, to draw through her body, then leaven? Yes. But not this, *this* is too much. The constant wind. It comes from that sea, butts against the hill behind, echoes back and fore, then buffets the hovel they have built. Sometimes there is no hovel, it has blown so hard, and they must start again. She cannot escape it, its hammering to enter, the scourge when it rushes inside – that, herself, not the shack. Not air to plenish, after all.

And then, there is bone. It is there, beneath her hands, her head, as she lays it down, splaying beneath the surface. The ribs of the earth, she guesses. No tendril roots. No cossetting pillow. Instead, an ungiving ground. On the hill, it breaks from the soil, up, towards the sky. She climbs this jumble of rocks to fix where they are, and sees how it is one of many, stretching across the headland – a spine. Closer, she finds an earth-fast tomb; inside, a shard of skull – a scavenging animal, she guesses. She scrapes the dust and buries it back. Bone to bone. It is not something she wants. Yet what does he give her, but this, too, jagged through his bleeding, shredded flesh? His thigh, broken as he fell from his horse. She looks at it, and thinks of what she found on the Garn, what lies beneath, and wishes it back where it belongs.

Is there nothing else? she wonders.
Is that all there is to be found here?
Wherever she may be …

He heals. Slowly, but not quietly, uttering his usual list of woes, complaints, enemies. The non-believers. The Irishman. The fish. Yes, the fish, the fish he blames his fall on, rising from the stream, startling his horse as he crossed. He curses the fish.

He sleeps. She finds *llysiau cadwgan* – her nurse's remedy – among the bushes and makes a potion. 'Drink this,' she says.

He sleeps, she dreams. She dreams of water. It is the sea, she thinks, that does this, the way it catches the corner of her eye, as she works, snagging; the way it fools her, blue, one minute, grey the next; still, one moment, ceaseless, the next. How, from the Garn, she saw it, stretching away to a distant realm. Or … falling, over the edge, to … nothingness. Which? How it will not let her alone. So, one day, she goes.

She is there, but not there. It gathers far below. It flounces, and bucks, shattering the rocks, flaying the shore. She had thought this would be a place for the breathing she wanted, the gentle lapping she covets, to rescue her. Instead, it stutters her heart, irks her lungs. This is not what she wants. She turns and walks … home?

But … she goes back, noting it, this time, for a quiet sea. This time, her breathing chimes with it. So she finds a way down – a scramble, a slide, a clutch into emptiness – stands beside it, and lets it wash her feet. And puts her hand to it …

There is this about water. How it fills the cup between her palms, how she cannot feel it, but it is there. How, then, it runs away … finding the hair-line fissure between her flesh invisible to her. How it runs away from her feet, then comes back again. She likes that – the way it licks her ankles. A gentle tongue … but … she notices the debris on the rocks, watches as it hefts the pebbles back and fore – and understands the power of it. And yes, already it is rising, the white horses that ride it are galloping, the noise of it is pounding her ears. She must go. She cannot stay here. She wishes for another water.

There is rain, yes. So much rain! *That* comes from the sea, too. She has watched as the ocean darkens, the sky above grows black, and – she is sure of this – the clouds pick up the seawater, lift it into the air, gather it together, before the wind – always the wind – blows it to where she is standing, and empties it onto her. Her, him, their hut, their stores, and, and … Day after day. Another water she does not want.

She finds it one morning – when he, recovered, the bone back in its place, goes off in search of his flock. Fishermen from the harbour, farmers from the fields. He imagines. The stream has always been there, has given them their sustenance, but how it begins, she has never seen. She follows it, back towards the Garn, pushing through bramble and briar, *her* flesh torn, now. Yet she goes on, as if she is called, as she was in that other place, as if she knows …

… knows it is there, in a clearing of stones and bent hawthorn, water welling from the ground. A song, again, a muddling, a la-ing. A pool for her feet, that will not shirk away. And this, that she scoops, she can drink and drink again, and feel it, lolling around her tongue, her mouth, then down her throat to deep inside her 'self'. Her.

There is this about water. Certain water, this water. That it can do this.

So now she has this, not hard bone, nor fooling air, but *this*.
Only, it is not hers, at all.
She goes, one moonlight night – a spirit night, her old nurse would say, they would be called, before Christ came in their stead – hoping to see the eye of the well brimming over with silvered tears, to see the water dance. It is not the water that dances. It is the maidens – if dancing is what they do – the way they wave their arms, sway their hips, raise their heads to the moon. The maidens, whose bare flesh ripples in the light, who stoop to sup the water, then splash it over each other, in play.
In the morning, when they have gone, she finds offerings in the water, or on the stones. White pebbles, coins; scraps of cloth, a nub of wick. What are they offered to? she wonders.

'Y morwynion – os
dawnsio yw'r hyn a
wnânt – yn chwifio'u
breichiau, yn siglo'u
cluniau ac yn codi eu
pennau at y lloer.'

'It is the maidens – if
dancing is what they
do – the way they wave
their arms, sway their
hips, raise their heads
to the moon.'

And she finds more in the days after, littered about, as if they are left for her – a pin, a shell, a hag-stone, bidding her welcome, asking something of her, asking her to join them. Which is what she wants.

And so, one night, she does. She drinks, first – though she drinks every day, from the fountain cusped by the earth, the purest form. Then she stands, mirror'd in the pool, naked, while cupping the water over her – her face, her arms, breasts, stomach, legs … between. And yes, she is cleansed, now. Then she dances, like the maidens, a waft, a ruffle, a frolic. She, who is no maiden – more, a mother leaning to crone – until her mind, her body, her spirit flow into one. And she feels … re-born.

Everything has changed, now.

Or … you have changed. A step out of the shadowland, into the light.

… climb the Garn, again – rocks bounded, deer-footed, fleet. Perch on the roof of the cromlech, to spy the sea, eagle-eyed … and on, to 'beyond'. It is there, where water joins sky. Or … is it beneath? A skip, a lithe twist to enter the mouth of the tomb, finding the bone, resurfaced. Not animal, seen afresh. Human, one of those buried deep below. A prince, maybe, or a warrior. There, before your eyes, armour-clad, burnished, marching. From far longer ago than those who dance at the well, with far older beliefs. The dark stares up at you, the craw of the earth. A way to the centre, to the womb? But no …

… see the sea, anew. A lambent blue, heaven-mirror'd. Trip down to its shore, shared with the seals and selkies, sing to them, as they sing to you, gambolling in the shallows.

A boat passes by on playful water. They do this – frail crafts, coming to the harbour below. From Ireland, some of them, he has said, bringing pilgrims to visit the holy place. In time, he believes, they will come this way. And yes, he is right, for you see this, too. They will visit the church he is building, they will visit him, listen to him preach. Confess. Stay, for what succours.

Did the people who are buried above come from over the sea?
From Ireland?

You have seen Ireland, perhaps. On a day you wandered further west, as
far as the edge of this headland. A faint shape on the horizon. Ireland.
Or … a magical land, risen from the waters, as myth tells?
Or … Annwn, shape-shifted, again.

This – where you are, where you were called – is a sacred space. The
threshold between land and water, this world, the Other. Stretch your arms
out, and you can hold both.
And where the well lies is between sea and tomb, bringing them together.
For its water comes from deep in the earth, from under the same rocks
that form the Garn; rises in the well, to flow back underground, and come
out at the sea.
Bone, air and water as one. The well, the source of all.
A space to seek your truth.
You, and the women who dance.
Except … there are no women.
You know this. That they are no more than pictures in your head. Or ghosts
of all who have come before. It is you who has left the offerings. You, and
you alone, who dances by the water, raising your face to the sky. The veil
lifted from you, showing the way.

He finds the well one day, when you are down by the sea. You cannot be
everywhere at once, even though you are everywhere at once, inside.
You know it, as soon as you return, for he is there, hacking at the bushes,
tidying – he has tidied the offerings away. 'Look at this rubbish,' he says,
when you appear. 'And look, a well. A far better well than the one the
Irishman claimed. A well that is mine, will be named for me! A holy well, for
my pilgrims to bathe their feet in – those who carry on – while those who
stay will pray with me beside it, and feel God's strength within it, healing
them. Praise be!'

You feel the bile rising from your stomach, the quickening of your heart, the clench of your fingers. This cannot be, you will not let it be. But then … it comes to you … it does not matter. You see that it does not matter which God, which Age, which people, holy or otherwise, 'own' the well. It is what it gives that is important. And it will give to whoever has need.

And so, in time, his church is built, his flock is built, he has his well; you have what you have. All is right enough with the world, until … 'Pack,' he says, one morning. 'Follow,' he says. The pilgrim's summons. Your summons. You should know. You should remember it is always so, how he is never satisfied, wherever you are, whatever he has.
Nothing is ever as it should be.
'We will go north.' (North, again!)
'Close to the sacred island, the holy burial place. Where saints find their eternal rest.' (See, how he is a saint already!)
You do not want to go. How can you go? How can you leave all you have found?

Hark! Hear! Follow …
… the cry of the gulls, the keen of the wind. The complaint of the wraiths trapped in the tomb on the Garn behind. Maybe.
Not the woman, the woman has gone now. Long, long ago.
The water.
The song of the water that once called her. An echo of her longing – to wet her tongue, mop her brow, bathe her feet. The wants of any pilgrim. All answered. All redeemed. Those, and so much more. Tears dried. Wishes granted. Life given. Here. By the water.

Bywgraffiadau

Diana Powell Mae ei straeon wedi ymddangos mewn nifer o gystadlaethau, gan gynnwys Gwobr Ymddiriedolaeth ALCS Tom-Gallon Cymdeithas yr Awduron 2020 (ail), Gwobr Caergrawnt TSS 2020 (3ydd safle) a Gwobr Gŵyl Lenyddiaeth Chipping Norton 2019 (enillydd). Mae ei gwaith hefyd wedi ymddangos mewn nifer o flodeugerddi a chyfnodolion, gan gynnwys *Best (British) Short Stories 2020* (Salt).

Cyhoeddwyd ei nofel fer, *Esther Bligh*, ym mis Mehefin 2018 (Holland House Books) a chyhoeddwyd ei chasgliad o straeon, *Trouble Crossing the Bridge* yn 2020 gan Chaffinch Press. Enillodd ei nofel fer, *The Sisters of Cynvael* Wobr Llenyddiaeth Gwasg Cinnamon yn 2021 a bydd yn cael ei chyhoeddi yn 2023.

Cafodd Diana ei geni a'i magu yn Sir Gaerfyrddin, ac astudiodd Saesneg ym mhrifysgol Aberystwyth. Mae hi wedi byw yng ngogledd Sir Benfro ers deuddeng mlynedd, ond mae ei chysylltiad â'r sir yn mynd yn ôl yn llawer pellach. Roedd ei hen daid yn ficer yng Nghilrhedyn yn nyffryn hudolus, chwedlonol Cych, ac efallai mai dyna pam mae hud, lledrith a chwedlau yn nodweddion amlwg yn ei straeon.

Mae **Flora McLachlan** yn byw ar dir niwlog corsiog yng ngorllewin Cymru. Mae hi'n artist sy'n ymddiddori mewn ysgythru traddodiadol, lithograffeg carreg, paent, perfformiad, a ffilm. Cafodd radd Saesneg o Brifysgol Rhydychen ac MA mewn Celfyddyd Gain o Ysgol Gelf Aberystwyth. Mae'n Gymrawd o Gymdeithas Frenhinol y Peintwyr-Gwneuthurwyr Printiau ac o'r Academi Frenhinol Gymreig, ac yn rhoi gweithdai gwneud printiau yn Walden Arts, Aberteifi ac yn Aberystwyth Printmakers.

Mae gwaith Flora yn ymchwilio'r syniad o ysbrydoliaeth; yr anadl o fannau eraill sy'n arwain yr artist yn eu gwaith. Mae hi'n gweld y cyflwr hwn fel modd derbyngar, siamanaidd ac yn defnyddio defod a dewiniaeth yn ei gwaith i ysgogi cysylltiadau annisgwyl. Mae'r plât ysgythru copr yn mynd i'r bath asid fel i grochan gwrach; a chan weithio fel hyn, mae hi'n gwahodd yr awen a phŵer dychmygol y swynion.

Biographies

Diana Powell's stories have featured in a number of competitions, including the 2020 Society of Authors ALCS Tom-Gallon Trust Award (runner-up), the 2020 TSS Cambridge Prize (3rd place) and the 2019 Chipping Norton Literature Festival Prize (winner). Her work has appeared in a number of anthologies and journals, including *Best (British) Short Stories 2020* (Salt).

Her novella, *Esther Bligh*, was published in June 2018 (Holland House Books). Her collection of stories, *Trouble Crossing the Bridge* was published in 2020 by Chaffinch Press. Her novella, The *Sisters of Cynvael* won the 2021 Cinnamon Press Literature Award and will be published in 2023.

Diana was born and brought up in Carmarthenshire, and studied English at Aberystwyth university. She has lived in north Pembrokeshire for the past twelve years, but her connection with the county goes back much further. Her great-grandfather was the vicar of Cilrhedyn in the magical, mythical Cych valley, which is perhaps why magic and myth feature so often in her stories.

Flora McLachlan lives on the shifting misty ground of a bog in west Wales. She is an artist working in traditional etching, stone lithography, paint, performance, and film. She has a degree in English from Oxford University and an MA in Fine Art from Aberystwyth School of Art. She is a Fellow of the Royal Society of Painter-Printmakers and of the Royal Cambrian Academy. She teaches printmaking workshops at Walden Arts, Aberteifi and at Aberystwyth Printmakers.

Flora's work investigates the idea of inspiration; a breath from elsewhere which directs the artist in their work. She sees this state as a receptive, shamanistic mode, so she uses ritual and divination in her work to provoke unexpected connections. The copper etching plate enters the acid bath as into a witch's cauldron; working like this, she invokes the imagined power of writing incantations and casting spells.

Testun **Text** Téacs Diana Powell

Ysgythriadau **Etchings** Eitseálacha Flora MacLachlan

Dylunio **Design** Dearadh Heidi Baker

Cyfrol 4 yn y gyfres:
Ffynhonnau Sanctaidd Llwch Garmon a Phenfro

Volume 4 in the series:
Holy Wells of Wexford and Pembrokeshire

Imleabhar 4 sa tsraith:
Toibreacha Beannaithe Loch Garman agus Sir Benfro

© Cysylltiadau Hynafol | Llwybrau Pererindod Llwch Garmon a Phenfro | Parthian Books, 2023

© Ancient Connections | Wexford-Pembrokeshire Pilgrim Way | Parthian Books, 2023

© Ceangal Ársa | Bealach Oilithreachta Loch Garman agus Sir Benfro | Parthian Books, 2023

Ymholiadau hawlfraint **All copyright enquiries** Gach fiosrúchán maidir le cóipcheart: Parthian Books, Cardigan, SA43 1ED **www.parthianbooks.com**